髒髒
跑進
童話故事
裡了

周淑娟、周壹珍、彰化基督教醫院鹿基分院　著　鄭穎珊　繪

序言

　　親愛的小朋友，我們都知道，髒髒如果跑進嘴巴，吃進肚子，身體就會生病，假如髒髒跑進童話故事裡，童話故事是不是也會生病呢？童話故事不是人，怎麼也會生病呢？原來啊，好多好聽的故事，都有許多奇妙的由來，比方說，我們知道白雪公主是因為吃了毒蘋果，食物中毒才會昏迷；雪后與魔鏡則是因為眼睛跑進了小東西，才會被施魔法；醜小鴨和小紅帽也都在故事中，學習如何健康成長。

　　有趣的童話故事原來也是一門生動的健康教育。小朋友，快跟我們一起來找找，髒髒跑進哪些童話故事裡了？邊看故事，邊學常識，讓我們一起快樂長大。

周淑娟　護理師，臺灣大學碩士

周素珍　國小教師，臺中師範學院學士

目錄

白雪公主 · · · · · · · · 6

拇指姑娘 · · · · · · · · · 12

雪后與魔鏡 · · · · · · · 18

老鼠娶親 · · · · · · · · 24

小紅帽 · · · · · · · · · · 30

糖果屋 · · · · · · · · 36

醜小鴨 · · · · · · · · · 42

小美人魚 · · · · · · · · 48

大野狼與七隻小羊 · · · · · · · · 54

愛麗絲夢遊仙境 60

豌豆公主 66

好鼻獅 72

三隻小豬 78

小人國 84

木偶奇遇記 90

皇帝與夜鶯 96

虎姑婆 102

青蛙王子 108

紅鞋女孩 114

北風和太陽 120

白雪公主

食物中毒急救法

　　白雪公主是個超級貪吃鬼！看到又紅又香的大蘋果，抓了就吃，結果才咬了一口，嘴巴就麻麻的、想吐、肚子痛，不久就昏倒過去了。

　　「哈哈哈！愛亂吃東西，總有一天會中毒吧！」壞王后變成的老婆婆，看著白雪公主吃下毒蘋果後，便溜回去問魔鏡最新的世界小姐選美排行榜。

　　恰好鄰國有學過急救的王子，今天要去世貿參觀電腦展，騎馬路過小木屋時，發現被放在玻璃棺材中的白雪公主並沒有死，只是中毒昏迷了，於是趕緊下馬，先問小矮人們公主中毒的可能原因，邊觀察她的膚色、呼吸及心跳情形，再請穿斗篷的胖胖小矮人打電話通知救護車。

這時，一個戴紅帽的小矮人想起電視曾報導牛奶可以幫忙解毒，就從冰箱裡拿出昨天剛買的新鮮牛奶，打算一股腦兒全部灌入公主的嘴巴。

「不可以！這樣做會讓公主不能呼吸。」正忙著急救的王子看到了，大聲地說：「公主現在神智不清，不能隨便灌牛奶或清水，以免因嗆到造成吸入性肺炎，甚至塞住氣管而導致窒息，到時就很麻煩了。」

「那可以催吐嗎？」一直在王子身旁協助的小矮人吞吞吐吐地問。

「當然不行啦！」王子邊清除公主口中剩餘的蘋果渣，邊回答：「現在

還不知道蘋果裡的毒物成分，如果裡面含有腐蝕性的物質，催吐反而會造成食道灼傷耶！」

「而且啊，公主現在還昏迷不醒，催吐同樣會有吸入性肺炎及窒息的危險。」他接著說：「所以只能幫忙把公主嘴巴內的東西清乾淨，小心不要讓食物的渣渣卡在喉嚨裡。」清完口內殘渣之後，王子就按住公主的額頭，並把下巴抬高，讓公主的呼吸道保持暢通。

看著王子臨危不亂又俐落的急救過程，小矮人們忍不住同聲讚揚：「真是太酷了！」

　　很快的，救護車來了，王子雖然來不及到世貿看電腦展，但救人第一，還是跟小矮人們一道陪公主到醫院，仔細地向醫師說明公主中毒的原因、症狀、時間及處理狀況，並將剛剛保留的毒蘋果殘渣與嘔吐物一起交給醫院做化驗。

　　清除毒素後，白雪公主很快就甦醒過來了。王子親了一下公主後，告訴她以後不要亂吃陌生人給的東西，公主很不好意思地點頭答應了。於是，公主就跟著王子回到了鄰國，過著幸福快樂的日子。

不生病魔法術

為什麼會食物中毒

* 夏天最容易發生食物中毒，這是因為天氣熱，東西比較快腐壞，如果不小心吃到不新鮮、過期的食物，會很容易出現肚子痛、拉肚子、想吐這些不舒服的情形。

健康小叮嚀

* 吃飯前和上完廁所後，記得先洗手，才不會把細菌一起吃進肚子裡去。
* 在家吃媽媽準備的食物，最新鮮乾淨，如果常在外面買東西吃，就沒有錢買玩具了。
* 吃壞肚子，要趕快告訴大人，因為他們會變成英勇的王子來救你喔！
* 不接受陌生人給的食物，即便是漂亮的阿姨也一樣。

醫生也來幫幫忙（彰化基督教醫院鹿基分院小兒科主治醫師張容毓）

* 一般的食物中毒，多數是因攝食到帶有病原性微生物、有毒化學物質或其他毒素污染的食品所引起。
* 發生食物中毒時，儘量不要再吃任何東西，也先別急著止瀉，以便促進致病菌及腸毒素的排除。
* 注意保暖，並讓患者側躺，頭向後仰，觀察呼吸狀態，保持呼吸道暢通並盡速送醫。

拇指姑娘

如何讓孩子長得高又壯

　　有位孤單的婦人，非常想要一個孩子，就去請求住在磨坊裡的老巫婆幫忙。

　　「好吧！這件事太簡單了！」老巫婆毫不猶豫地給她一粒神奇的大麥。

　　不久，種著大麥的花盆裡長出一棵很像鬱金香的大花苞。

　　「天呀！多美麗的一朵花啊！」婦人忍不住親了一下粉紅色的花瓣。

忽然，「砰」的一聲，花苞鑽出一個可愛的小女孩，她的身體只有拇指一般高，於是婦人便叫她拇指姑娘。

婦人雖然愛極了像仙子一樣的拇指姑娘，可是卻煩惱她營養不夠，長不高，不但每天都準備豐盛的大餐，還到處打探讓小孩長高的祕方。

　　有天晚上，一隻長得很醜的癩蛤蟆偷偷潛進婦人的房間，把熟睡的拇指姑娘抱回池塘。幸好水裡的魚兒合力解救了她。可是就這樣，拇指姑娘開始了森林裡的流浪生活。

　　很快地，冬天來了，又冷又餓的拇指姑娘請求小氣的田鼠太太能收留她。田鼠太太勉強答應了，但希望到了春天的時候，她能嫁給隔壁討厭的鼴鼠少爺。

　　拇指姑娘一點兒也不喜歡鼴鼠，只好傷心地躲在隧道裡哭泣，無意中發現了一隻瀕死的燕子，拇指姑娘救了牠，還每天唱歌給燕子聽。

不ㄅㄨˋ久ㄐㄧㄡˇ，春ㄔㄨㄣ天ㄊㄧㄢ來ㄌㄞˊ臨ㄌㄧㄣˊ了ㄌㄜ˙，燕ㄧㄢˋ子ㄗ˙的ㄉㄜ˙傷ㄕㄤ勢ㄕˋ逐ㄓㄨˊ漸ㄐㄧㄢˋ好ㄏㄠˇ轉ㄓㄨㄢˇ後ㄏㄡˋ，便ㄅㄧㄢˋ帶ㄉㄞˋ著ㄓㄜ˙拇ㄇㄨˇ指ㄓˇ姑ㄍㄨ娘ㄋㄧㄤˊ飛ㄈㄟ上ㄕㄤˋ青ㄑㄧㄥ空ㄎㄨㄥ，載ㄗㄞˋ著ㄓㄜ˙她ㄊㄚ離ㄌㄧˊ開ㄎㄞ濕ㄕ冷ㄌㄥˇ的ㄉㄜ˙洞ㄉㄨㄥˋ穴ㄒㄩㄝˋ，飛ㄈㄟ向ㄒㄧㄤˋ溫ㄨㄣ暖ㄋㄨㄢˇ的ㄉㄜ˙花ㄏㄨㄚ之ㄓ王ㄨㄤˊ國ㄍㄨㄛˊ。

在ㄗㄞˋ那ㄋㄚˋ裡ㄌㄧˇ，有ㄧㄡˇ好ㄏㄠˇ多ㄉㄨㄛ頭ㄊㄡˊ上ㄕㄤˋ戴ㄉㄞˋ著ㄓㄜ˙金ㄐㄧㄣ冠ㄍㄨㄢ的ㄉㄜ˙花ㄏㄨㄚ天ㄊㄧㄢ使ㄕˇ，正ㄓㄥˋ微ㄨㄟˊ笑ㄒㄧㄠˋ地ㄉㄧˋ歡ㄏㄨㄢ迎ㄧㄥˊ拇ㄇㄨˇ指ㄓˇ姑ㄍㄨ娘ㄋㄧㄤˊ回ㄏㄨㄟˊ到ㄉㄠˋ故ㄍㄨˋ鄉ㄒㄧㄤ。原ㄩㄢˊ來ㄌㄞˊ，拇ㄇㄨˇ指ㄓˇ姑ㄍㄨ娘ㄋㄧㄤˊ就ㄐㄧㄡˋ是ㄕˋ花ㄏㄨㄚ之ㄓ王ㄨㄤˊ國ㄍㄨㄛˊ的ㄉㄜ˙小ㄒㄧㄠˇ公ㄍㄨㄥ主ㄓㄨˇ呢ㄋㄜ˙！

不生病魔法術

讓人長不高的怪獸

✳ 俗話說：「龍生龍，鳳生鳳，老鼠的兒子會打洞。」拇指姑娘不是婦人生的小孩，當然不會長得和她一樣高啦！

✳ 父母的遺傳是讓你變高或變矮的重要原因。可是啊，如果你不愛吃飯，又不運動，就算爸爸是巨人族，還是有可能變成矮冬瓜的。

健康小叮嚀

✳ 營養一定要均衡！換句話說，就是媽媽做的每道菜，都要捧場，這樣不但會愈吃愈高，媽媽也才不會耍賴不做菜。

✳ 早餐一定要吃，不要把錢省下來買零食。小心吃太多零食，也會讓人長不高喔！

✳ 每天一定要睡飽飽，才有機會「一暝大一吋」。

✳ 多找同學一起打籃球、玩跳繩、游泳，搞不好有一天你也會成為運動明星。

醫生也來幫幫忙（彰化基督教醫院鹿基分院小兒科主治醫師張容毓）

✳ 影響正常生長發育的因素很多，例如：染色體、內分泌、營養、疾病或是遺傳等。建議在青春期之前及早發現及早治療，才會有好的效果。

✳ 發育期的孩子每半年要量一次身高，如果半年長高不到2公分，就是發育遲緩警訊，須及早就醫。

雪后與魔鏡

眼睛跑進異物，別用手揉眼睛

　　很久很久以前，有個非常小氣的惡魔，不想花錢買照相機，就自己做了一面有照相功能的鏡子，不過因為技術實在不好，鏡子做好後，只要珍貴美好的東西被照到，馬上就會消失不見，所以只能拍攝醜陋的畫面。

　　惡魔一氣之下，就把鏡子摔到地上，沒想到，破成千萬個小碎片的鏡子，就跟著落入了人間；糟糕的是，每塊小碎片都擁有整面鏡子的魔力，只要飛進人的眼睛裡，就會變得只能看見不好的事物；如果進入心裡，那個人的心會變成冰塊，並被傳說中的雪后帶到遙遠的北方。

小男孩加伊和小女孩格爾達是感情很好的同學，加伊下個月將要參加學校運動會的兩百公尺短跑，所以放學後格爾達就陪他一起練習跑步。忽然，一陣強風迎面吹過來，加伊大叫一聲後蹲了下來。

　　「加伊，你怎麼了？」格爾達關心地問。

　　「有東西跑進眼睛，好痛啊！」加伊痛苦得揉眼睛。

　　格爾達想起學校的護士阿姨曾經說過，眼睛跑進東西時，千萬不可以用手搓揉眼睛，這樣反而會讓眼睛受傷。於是就叫加伊不要緊張，只要閉緊眼睛，並多眨眼。很快地惡魔的小碎片就跟著眼淚一起流出來了。

駕著馴鹿匆忙趕到學校的雪后， 以為加伊的心已經變成冰塊了， 正想要帶他回冰宮， 沒想到卻發現他不但沒事， 還高興得邊唱歌， 邊騎腳踏車載格爾達回家呢！

不生病魔法術

什麼東西會跑進眼睛

✳ 只要是比你的眼睛小的東西，例如沙子、小木屑、小蚊子，都有可能會跑進去。

健康小叮嚀

✳ 有東西跑進眼睛時，千萬不要用手拼命揉眼睛，因為這樣它還是不會掉出來的，而且還會讓眼睛受傷喔！只要閉上眼睛，再輕輕眨幾下，跑進去的東西，很快就會隨著眼淚一起流出來了。

醫生也來幫幫忙（彰化基督教醫院鹿基分院眼科主治醫師林千惠）

✳ 大部分細小的砂石跑進眼睛後，都會隨著眼淚流出。

✳ 但是如果異物飛行速度極快，或是因外力施壓（例如揉眼睛的動作），導致外來異物嵌入眼球，則必須到眼科接受醫師移除眼內異物的處置。根據異物嵌入眼球的深度及部位的不同，所必須接受的處置或手術也不盡相同。

✳ 如果眼內異物未移除，可能會有眼部感染，甚至最終導致視力受損的風險。

✳ 在醫院裡，護士會先幫小朋友受傷的眼睛點止痛的眼藥水，再讓醫師仔細檢查眼睛受傷的情況，這時候千萬別再哭哭囉！如果眼淚把藥水沖掉就沒效了。

老鼠娶親

勤洗手 病菌遠離我

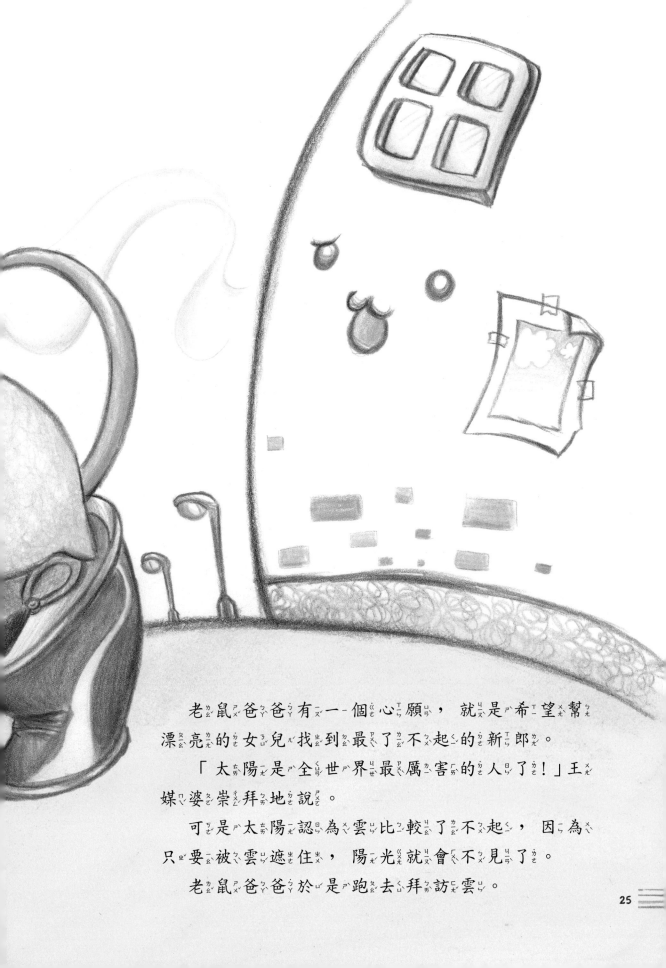

　　老鼠爸爸有一個心願，就是希望幫漂亮的女兒找到最了不起的新郎。

　　「太陽是全世界最厲害的人了！」王媒婆崇拜地說。

　　可是太陽認為雲比較了不起，因為只要被雲遮住，陽光就會不見了。

　　老鼠爸爸於是跑去拜訪雲。

　　「不不，我不是最偉大的，」雲謙虛地說：「只要風一發脾氣，就會把我吹得東倒西歪。」

　　老鼠爸爸又四處找風。風卻指著牆說：「我最怕他了，因為一碰到他，就會被撞得鼻青臉腫。」

　　這時，牆一聽到要跟老鼠女兒結婚，馬上嚇得哭了起來，原來牆最怕老鼠在他身上打洞呢！

　　老鼠爸爸恍然大悟地點點頭，回家後向大家宣布，要在農曆正月初三的晚上，將女兒嫁給同村的老鼠米奇。

　　「哈啾！哈啾！」糟糕了，下禮拜就要結婚，老鼠女兒居然被傳染到流行性感冒了。

　　「沒關係！只要好好休息，多補充水分和注意營養均衡，感冒很快就會好了。」醫生微笑地要老鼠女兒不要擔心。

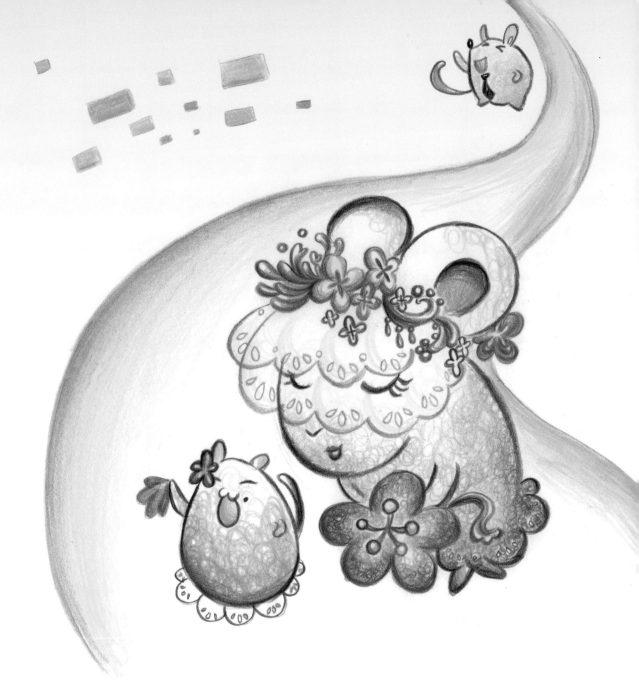

　　終於迎親的日子到了，老鼠女兒因為乖乖地聽醫生的話，喉嚨痛、咳嗽、流鼻水，通通不見了。

　　就在大家的祝福下，老鼠爸爸終於如願的把寶貝女兒嫁出去了！

　　噓！小聲點。過年初三，記得提醒家人早點睡，不要吵到老鼠娶親喔！

✳ 不生病魔法術 ✳

為什麼會感冒

✳ 大約有一百多種病毒會引起感冒，特別是到了秋冬的時候，它們的威力會更強，還會利用人們打噴嚏時，將病毒散播出去，讓更多人出現鼻塞、打噴嚏、流鼻水、喉嚨痛與輕微發燒等這些不舒服的症狀。

健康小叮嚀

✳ 多洗手，不要常用手去摸自己的鼻子與眼睛。
✳ 出入人多的地方，記得戴上口罩。

醫生也來幫幫忙（彰化基督教醫院鹿基分院小兒科主治醫師賴柏瑋）

✳ 感冒沒有特效藥，必須多休息、喝水，等身體產生抵抗力對付感冒病毒，自然就會痊癒。
✳ 感冒時須看醫生，檢查是不是有合併其他疾病，因為許多疾病的症狀都很類似感冒。
✳ 平常我們應該保持均衡飲食，早睡早起，身體的抵抗力才會增強，幫助我們遠離感冒。

小紅帽

預防近視　定期半年做視力檢查

小紅帽帶著巧克力蛋糕，要送給生病的外婆吃。

一隻騎著重型機車的大野狼突然停下來，「小朋友，妳要去哪裡啊？」大野狼狡猾地說：「叔叔可以免費載妳一程喔！」

小紅帽想起媽媽再三叮嚀，不可以隨便和陌生人聊天，於是禮貌的回答說：「謝謝你，我要搭公車，去森林另一頭的外婆家。」

「哈！哈！今天的晚餐有著落啦！」知道外婆家的住址後，大野狼馬上騎車到森林的另一頭，把可憐的外婆吞進肚子裡。

小紅帽來到了外婆家，發現大門沒有關，就直接走進外婆的臥室。

「親愛的，妳帶蛋糕來看外婆啦！」換上外婆的衣服，蓋著棉被的大野狼發出粗啞的聲音說。

天真的小紅帽，以為外婆生病了，聲音才會變沙啞，加上又有近視眼，所以沒發現是大野狼喬裝的。

「外婆肚子又餓了，妳可以靠近一點嗎？」貪吃的大野狼拍拍床，要小紅帽坐到床邊。

「外婆，妳的耳朵怎麼變長了，鼻子也變尖了呢？」小紅帽來不及看清楚，就被大野狼抓住，咕嚕一聲，也把她吞進肚子裡去了。

　　大野狼心滿意足地摸著脹飽的肚子，一
下子就呼呼大睡了起來。幸好門外巡邏的
警察經過，發現大野狼又做壞事了，馬上
將牠逮捕，即時救出外婆和小紅帽。

　　後來，小紅帽為了保護視力，就時常和
外婆到森林裡郊遊，不再整天守在電視機
前面了。

✸ 不生病魔法術 ✸

為什麼會近視

✳ 眼睛是靈魂之窗，也就是說，如果整天猛看電視，或躲在被窩裡看漫畫，視力會變模糊，到時候漂亮的眼睛，就會被眼鏡關起來了。

健康小叮嚀

✳ 看電視或閱讀，就像上學一樣，每40分鐘，就要讓眼睛下課10分鐘。

✳ 不要趴在桌上看書或寫字，也不要在搖晃的車內看書。

✳ 平常多向遠方眺望，訓練自己變成千里眼。

醫生也來幫幫忙（彰化基督教醫院鹿基分院眼科主治醫師王琳煜）

✳ 近視的主要原因在於長時間不當近距離使用眼睛，像是長時間近距離看電視、打電腦、打電動玩具，都是造成近視的常見原因。

✳ 得到近視不只造成生活不便，若近視度數太深，還會造成很多嚴重的併發症，如視網膜裂孔、視網膜剝離、黃斑部出血、青光眼、白內障等，嚴重的則有可能造成失明。

✳ 眼睛是靈魂之窗，而且我們要使用這雙眼睛一輩子，因此要好好珍惜、愛護它們。

糖(ㄊㄤ)果(ㄍㄨㄛ)屋(ㄨ)

餐(ㄘㄢ)後(ㄏㄡ)15分(ㄈㄣ)鐘(ㄓㄨㄥ) 刷(ㄕㄨㄚ)牙(ㄧㄚ)好(ㄏㄠ)時(ㄕ)機(ㄐㄧ)

　　韓(ㄏㄢ)賽(ㄙㄞ)兒(ㄦ)和(ㄏㄜ)葛(ㄍㄜ)麗(ㄌㄧ)特(ㄊㄜ)是(ㄕ)一(ㄧ)對(ㄉㄨㄟ)常(ㄔㄤ)迷(ㄇㄧ)路(ㄌㄨ)的(ㄉㄜ)兄(ㄒㄩㄥ)妹(ㄇㄟ)。韓(ㄏㄢ)賽(ㄙㄞ)兒(ㄦ)是(ㄕ)哥(ㄍㄜ)哥(ㄍㄜ)，葛(ㄍㄜ)麗(ㄌㄧ)特(ㄊㄜ)是(ㄕ)妹(ㄇㄟ)妹(ㄇㄟ)。

　　有(ㄧㄡ)一(ㄧ)次(ㄘ)，他(ㄊㄚ)們(ㄇㄣ)又(ㄧㄡ)在(ㄗㄞ)森(ㄙㄣ)林(ㄌㄧㄣ)裡(ㄌㄧ)迷(ㄇㄧ)路(ㄌㄨ)了(ㄌㄜ)，忽(ㄏㄨ)然(ㄖㄢ)聞(ㄨㄣ)到(ㄉㄠ)陣(ㄓㄣ)陣(ㄓㄣ)誘(ㄧㄡ)人(ㄖㄣ)的(ㄉㄜ)甜(ㄊㄧㄢ)香(ㄒㄧㄤ)味(ㄨㄟ)，隨(ㄙㄨㄟ)風(ㄈㄥ)飄(ㄆㄧㄠ)散(ㄙㄢ)過(ㄍㄨㄛ)來(ㄌㄞ)。

　　「哇(ㄨㄚ)！是(ㄕ)傳(ㄔㄨㄢ)說(ㄕㄨㄛ)中(ㄓㄨㄥ)的(ㄉㄜ)糖(ㄊㄤ)果(ㄍㄨㄛ)屋(ㄨ)耶(ㄧㄝ)。」韓(ㄏㄢ)賽(ㄙㄞ)兒(ㄦ)興(ㄒㄧㄥ)奮(ㄈㄣ)得(ㄉㄜ)拆(ㄔㄞ)下(ㄒㄧㄚ)一(ㄧ)小(ㄒㄧㄠ)塊(ㄎㄨㄞ)餅(ㄅㄧㄥ)乾(ㄍㄢ)做(ㄗㄨㄛ)成(ㄔㄥ)的(ㄉㄜ)屋(ㄨ)頂(ㄉㄧㄥ)來(ㄌㄞ)吃(ㄔ)，葛(ㄍㄜ)麗(ㄌㄧ)特(ㄊㄜ)也(ㄧㄝ)急(ㄐㄧ)忙(ㄇㄤ)舔(ㄊㄧㄢ)著(ㄓㄜ)牛(ㄋㄧㄡ)奶(ㄋㄞ)糖(ㄊㄤ)做(ㄗㄨㄛ)成(ㄔㄥ)的(ㄉㄜ)窗(ㄔㄨㄤ)戶(ㄏㄨ)。「這(ㄓㄜ)裡(ㄌㄧ)簡(ㄐㄧㄢ)直(ㄓ)跟(ㄍㄣ)天(ㄊㄧㄢ)堂(ㄊㄤ)一(ㄧ)樣(ㄧㄤ)棒(ㄅㄤ)！」牆(ㄑㄧㄤ)壁(ㄅㄧ)是(ㄕ)用(ㄩㄥ)巧(ㄑㄧㄠ)克(ㄎㄜ)力(ㄌㄧ)堆(ㄉㄨㄟ)疊(ㄉㄧㄝ)而(ㄦ)成(ㄔㄥ)，屋(ㄨ)子(ㄗ)裡(ㄌㄧ)充(ㄔㄨㄥ)滿(ㄇㄢ)軟(ㄖㄨㄢ)綿(ㄇㄧㄢ)綿(ㄇㄧㄢ)的(ㄉㄜ)蛋(ㄉㄢ)糕(ㄍㄠ)沙(ㄕㄚ)發(ㄈㄚ)、滑(ㄏㄨㄚ)溜(ㄌㄧㄡ)溜(ㄌㄧㄡ)的(ㄉㄜ)布(ㄅㄨ)丁(ㄉㄧㄥ)圓(ㄩㄢ)桌(ㄓㄨㄛ)、香(ㄒㄧㄤ)噴(ㄆㄣ)噴(ㄆㄣ)的(ㄉㄜ)麵(ㄇㄧㄢ)包(ㄅㄠ)櫥(ㄔㄨ)櫃(ㄍㄨㄟ)，仔(ㄗ)細(ㄒㄧ)看(ㄎㄢ)還(ㄏㄞ)有(ㄧㄡ)棒(ㄅㄤ)棒(ㄅㄤ)糖(ㄊㄤ)柱(ㄓㄨ)子(ㄗ)和(ㄏㄜ)奶(ㄋㄞ)油(ㄧㄡ)天(ㄊㄧㄢ)花(ㄏㄨㄚ)板(ㄅㄢ)呢(ㄋㄜ)！

兄妹倆快樂極了， 不知不覺， 就在棉花糖鋪成的床上睡著了。

　　「我的牙齒好疼啊！」韓賽兒忍不住痛苦的流淚。 葛麗特被哥哥的叫聲驚醒後， 也感覺牙齒不太舒服。

　　「哈哈哈！ 貪吃甜食， 又不刷牙，」原來是不愛打掃， 只會騎掃把的巫婆回來了，「等牙齒通通都蛀光了， 我就要把你們吃掉啦！」

韓賽兒與葛麗特不想成為巫婆的晚餐，每天餐後及睡前，開始乖乖的認真刷牙，並記得使用牙線。

這樣過了四個星期，沒耐心的巫婆一直等不到蛀牙出現，只好把他們放走了。

不生病魔法術

為什麼會蛀牙

✻ 吃完飯後，沒有馬上刷牙或隨便刷牙，食物的渣渣會卡在牙縫，然後長出一堆細菌，攻擊我們的牙齒。

健康小叮嚀

✻ 不要常吃甜食；吃完東西3分鐘以內，馬上仔細刷牙。

醫生也來幫幫忙（彰化基督教醫院鹿基分院家庭牙科主治醫師吳瓊玉）

✻ 如何預防蛀牙？

  1. 多吃蔬菜水果，不要常吃甜食。

  2. 刷牙333：三餐飯後，三分鐘內，刷牙三分鐘以上。

  3. 牙齒之間的縫隙如果有食物卡住，要用牙線清出來。

  4. 氟化物的補充：含氟牙膏，氟錠，含氟漱口水。

  5. 每半年定期檢查牙齒並塗氟。

  6. 隙縫填補：用牙科材料把較深的隙縫填補起來，以達到預防蛀牙的目的。

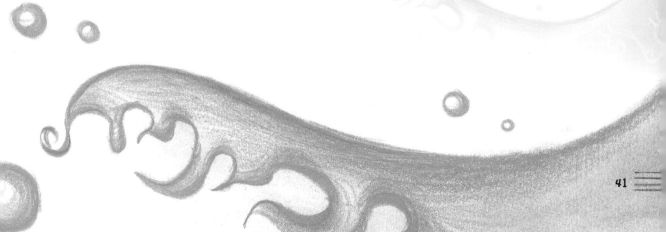

醜小鴨

我是獨一無二的小寶貝

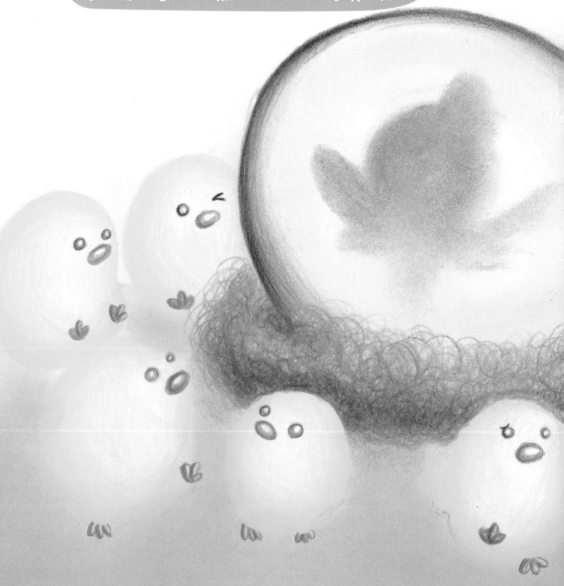

鴨ㄚ媽ㄇㄚ媽ㄇㄚ正ㄓㄥ在ㄗㄞ孵ㄈㄨ蛋ㄉㄢ。「ㄆㄛ」的ㄉㄜ一ㄧ聲ㄕㄥ，一ㄧ顆ㄎㄜ蛋ㄉㄢ破ㄆㄛ了ㄌㄜ，一ㄧ隻ㄓ可ㄎㄜ愛ㄞ的ㄉㄜ鴨ㄚ鴨ㄚ跑ㄆㄠ出ㄔㄨ來ㄌㄞ了ㄌㄜ。接ㄐㄧㄝ下ㄒㄧㄚ來ㄌㄞ「ㄆㄛ、ㄆㄛ、ㄆㄛ」，好ㄏㄠ多ㄉㄨㄛ討ㄊㄠ人ㄖㄣ喜ㄒㄧ愛ㄞ的ㄉㄜ小ㄒㄧㄠ鴨ㄚ鴨ㄚ一ㄧ起ㄑㄧ出ㄔㄨ來ㄌㄞ了ㄌㄜ。

　　「怎ㄗㄣ麼ㄇㄜ有ㄧㄡ顆ㄎㄜ蛋ㄉㄢ還ㄏㄞ沒ㄇㄟ破ㄆㄛ呢ㄋㄜ？」於ㄩ是ㄕ鴨ㄚ媽ㄇㄚ媽ㄇㄚ繼ㄐㄧ續ㄒㄩ孵ㄈㄨ這ㄓㄜ一ㄧ顆ㄎㄜ奇ㄑㄧ怪ㄍㄨㄞ的ㄉㄜ大ㄉㄚ蛋ㄉㄢ。

突然，好大的一聲「ㄅㄛ」，一隻又大又醜的灰色小鴨子，搖搖晃晃地跌了出來。牠是一隻醜小鴨！

「天啊，牠長得真是難看！」醜小鴨的哥哥和姊姊都不想理牠，連紅著臉，只會「咯、咯」叫的火雞也討厭牠。

只有媽媽慈祥的安慰醜小鴨說：「姊姊雖然長得很漂亮，哥哥唱歌很好聽，可是游泳沒人比得過你呀！」媽媽摸著醜小鴨的頭繼續說：「每個人都不一樣，真是太棒了！」

醜小鴨不懂媽媽的意思，還是倔強地離家出走了。

四處流浪、受人欺負的醜小鴨，最後只能又冷又餓的窩在蘆葦叢裡，想念著溫暖的家。

　　不久，美麗的春天到了，醜小鴨羨慕地看著三隻雪白的大天鵝，優雅地在湖中划行。

　　「喂！快來看，新來的天鵝最漂亮了。」一群小朋友興奮地指著醜小鴨說。

　　「這……這真的是我嗎？」醜小鴨不敢相信，水裡映出那隻高貴又美麗的小天鵝，竟然就是牠。

　　醜小鴨，喔！不，小天鵝，現在覺得好幸福，也了解媽媽的話，原來不管美醜，每個人都是上天最珍貴的小寶貝。

不生病魔法術

為什麼會自卑

✳ 漸漸長大後，懂得愛漂亮了，我們常會邊照鏡子，邊嫌自己鼻子不夠高、眼睛太小、髮型不夠漂亮、指甲不好看、腳丫子太大等，加上一些討厭的同學愛亂取綽號，有時會讓人變得不喜歡自己。

健康小叮嚀

✳ 世界上沒有十全十美的人，要別人喜歡自己，必須自己先喜歡自己。最重要的是，能發現自己的優點，糾正缺點，努力使自己更好。

醫生也來幫幫忙（彰化基督教醫院鹿基分院家庭醫學科主治醫師梁錫謙）

✳ 俗語說：「種瓜得瓜，種豆得豆。」所以，外表與生俱來，與遺傳有關。

✳ 故事中告訴我們，美醜是很主觀的，小王認為美，小李可能會認為醜，所以美醜沒有定論。

✳ 自信最重要，努力讀書，充實自己，求進步，做個有自信、有實力的人，才可以做國家的主人翁，幫助更多人喔！

小美人魚

人魚公主的家，在很深很深的藍色海洋裡，那兒有座晶瑩剔透的水晶宮殿，花圃裡滿是珍珠與鑽石花朵，人魚公主在那裡放了一尊年輕男子的雕像，她每天都愛躲在這個花圃裡，靜靜地想像陸地的世界到底是什麼樣子，陸地上的人是不是都跟這尊雕像一樣可愛。

「啊！多麼英俊的王子呀！」十五歲生日那一天，她終於獲許到海面上去看陸地世界。當她把頭露出海面，卻意外地救起出海遇到暴風雨，落海發生船難的王子。然而，獲救上岸的王子卻沒有張開眼睛看到她的模樣。

從此，人魚公主每天不斷地想念著英俊的王子，於是瞞著家人，拜託海裡的邪惡巫婆，把她的尾巴變成修長的雙腿。

48

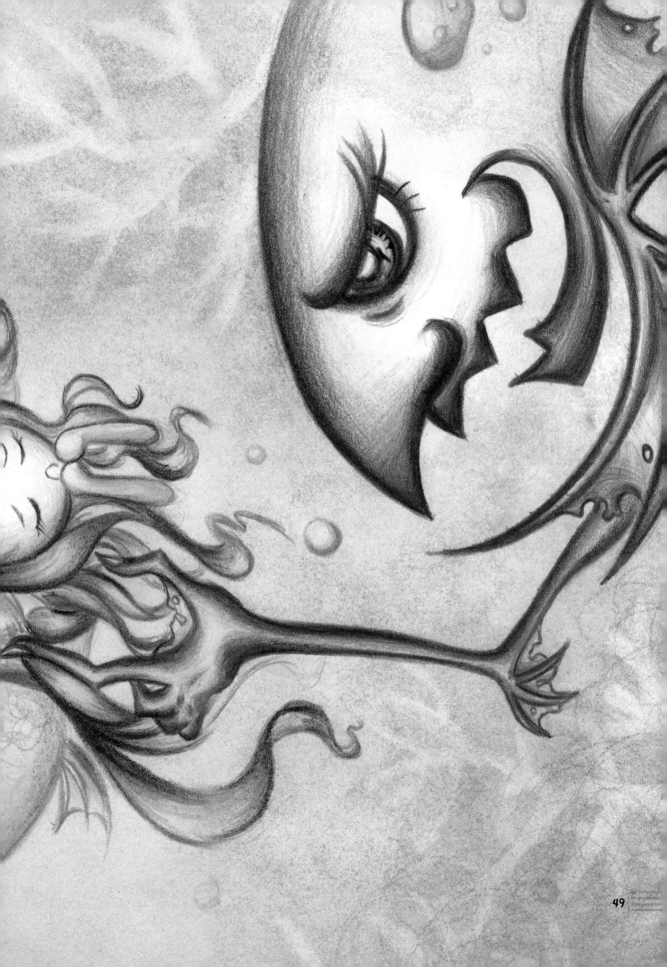

「沒問題！不過要用妳美妙的聲音做交換。」巫婆常常大聲罵人，聲音變得非常難聽，很羨慕有著甜美歌聲的人魚公主。

終於有了雙腿可以走路的人魚公主，馬上就到皇宮求見王子。

「真奇怪！這麼可愛的女孩子，聲音怎麼像魔鬼般可怕！」聽到人魚公主發出烏鴉般沙啞的聲音介紹自己時，王子著實被嚇呆了。過不久，他就選擇與鄰國說話很好聽的公主結婚了。

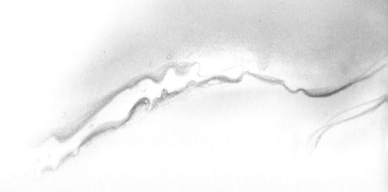

人魚公主很後悔失去悅耳的嗓音， 就去醫院看病。 醫生檢查後告訴她， 只要多喝水， 少說話， 很快就會復原了。

　　果然， 不到幾天， 人魚公主就好了。 後來還成為這個國家最著名的歌手呢！

✦ 不生病魔法術 ✦

為什麼會聲音沙啞

✻ 常常大聲尖叫會讓喉嚨的聲帶受傷，聲音就會變得跟火雞、烏鴉一樣難聽了。

健康小叮嚀

✻ 輕聲細語的說話，不吃辛辣的食物。喉嚨不舒服的時候，要多喝水，少說話。

醫生也來幫幫忙（彰化基督教醫院鹿基分院耳鼻喉科主治醫師郭浚燊）

✻ 小朋友聲音沙啞，最常見的原因是咽喉炎，治療的第一步驟就是要讓聲帶休息，講話要輕、慢、少；再配合多喝白開水，幾天後聲音就會慢慢恢復。

✻ 需要長時間說話時，更應該注意水分的補充。另外，喉糖等有潤喉效用的東西也會有幫助。

✻ 如果聲音沙啞持續兩週以上，或反覆發生，應找耳鼻喉科醫師檢查是否有聲音病變。

大野狼與七隻小羊

慢食，消化不良的剋星

羊媽媽出門前交代七隻小羊說：「千萬別幫陌生人開門。」

過了一會兒，「叩叩！叩叩！叩叩！」有人在敲門。

「請問是誰呀？」七隻小羊大聲問。

「我是媽媽啦！快開門。」大野狼模仿媽媽講話的口氣。

「不是，不是，你是大野狼！」小羊們說：「我媽媽的聲音沒有這麼粗。」

大野狼只好到隔壁的便利商店買了一罐喉糖，咕嚕咕嚕一口氣吃了半罐。

「親愛的孩子們，媽媽回來了，幫我開門吧！」

小羊們驚喜的叫道：「是媽媽回來了！」說著便趕緊開了門。

「哈哈哈！ 被我騙了！ 我要把你們通通吃掉!」大野狼張牙舞爪的撲向小羊們， 很快就把牠們通通吞進肚子裡了。

「哇， 肚子好痛啊!」大野狼摸著鼓脹的肚子痛苦的大叫， 然後就昏倒了。

這時， 一隻躲在時鐘裡的小羊， 趕緊跑去找媽媽求救。

「大野狼實在太貪吃了，才會消化不良。」
羊媽媽將大野狼的肚子用剪刀剪開，讓六
隻小羊安全地逃出來。

「以後千萬不能再做壞事了。」羊媽媽告
訴大野狼：「還有吃東西時，要細嚼慢嚥，
不要貪心吃得太撐了。」

大野狼覺得很不好意思，趁機溜了出去，
一不小心跌進河裡，就再也起不來了。

不生病魔法術

為什麼會消化不良

＊ 身體的消化道就像家裡的水管一樣，如果一下子塞進太多食物，容易阻塞不通，就會引起脹氣、肚子痛、打嗝等不舒服的反應。

健康小叮嚀

＊ 細嚼慢嚥，享受食物的美味。

＊ 真正覺得肚子餓了再吃飯，這時候的食物味道也最好。

＊ 吃飽飯後，先休息30分鐘，讓食物有時間消化。

醫生也來幫幫忙（彰化基督教醫院鹿基分院肝膽腸胃科主治醫師姚志達）

＊ 消化系統對於食物的處理，必須經過口腔的咀嚼及胃的消化，將大分子物質分解成簡單的小分子物質，才能將所吃的食物吸收、利用。

＊ 像大野狼這樣狼吞虎嚥，短時間內吃下太多食物，不但無法消化，還會造成肚子飽脹、不舒服，引起噁心，嘔吐，甚至會因嘔吐造成食道黏膜撕裂傷，進而引發吐血。

愛麗絲夢遊仙境

夢遊時該叫醒嗎？

　　愛麗絲正聚精會神地玩著以奇幻世界為背景的熱門線上遊戲，卻突然從房間跳到了後花園，還看到一隻穿西裝、打領帶的兔子，神情緊張地對她說：「快一點，不要遲到了。」接著就消失在花園裡。好奇的愛麗絲，於是跟著追過去。

　　走了好久，終於來到一個奇異的地方，愛麗絲很驚訝自己的身體居然變小了。忽然背後有人大喊：「兩手舉高，不准動！」然後她就被兩隻表情凶惡、手拿長矛的大蝴蝶士兵，強行架走了。

　　飛過了彩虹森林，越過了彎彎河流，最後來到了一座五彩繽紛的水晶城堡裡。國王與皇后正忙著玩躲避球，旁邊還圍著一群只會拍馬屁的撲克牌士兵。

　　愛麗絲看不下去，就插嘴說：「大家都故意讓皇后打，應該要判技術犯規。」

　　愛面子的皇后非常生氣，命令愛麗絲下來和她比一場，並威脅她，如果輸了，便要砍下她的頭。

愛麗絲害怕的哭了起來，原本變小的身體，轉眼之間就長大了，不僅撐破了水晶城堡，滴答的眼淚也變成洪水，把國王、皇后與士兵們通通都沖走了。

「愛麗絲這孩子又夢遊了。」媽媽發現愛麗絲獨自蹲在花園裡，嗚咽地哭著，還把草皮尿濕了，正想把她喚醒。爸爸立刻阻止：「不可以，這樣會讓她受到驚嚇。」然後告訴媽媽：「小孩子夢遊時，只要注意不要讓她受傷，等一下再慢慢引導回到床上就好了。」

到了早上，慈祥的爸爸完全不提夢遊這一回事，反而愉快地與愛麗絲討論週末該去哪兒度假呢！

不生病魔法術

為什麼會夢遊
* 生病的時候、睡眠不足、睡夢中尿急都有可能會發生夢遊。
* 如果父母或兄弟姊妹也發生過夢遊，那你更有機會變成夢遊家族的一分子喔！

健康小叮嚀
* 每天早睡早起，上床前記得先尿尿。
* 晚上不看鬼故事、恐怖電影、玩刺激的遊戲，它們才不會跑到夢中搗蛋。
* 「日有所思，夜有所夢。」不想夢見被老師罵，上課不要發呆，才不會交白卷，讓惡夢成真。

醫生也來幫幫忙（彰化基督教醫院鹿基分院小兒科主治醫師張容毓）
* 有10～15％的學齡兒童有夢遊的情形發生，但大部分在青春期會恢復正常。
* 兒童夢遊大部分為良性，而且會自動痊癒，但臨床醫師要先排除癲癇的可能性。
* 夢遊不需要特別的治療，但家長要確定小孩在夢遊時不至於發生意外傷害，更要明瞭它是良性而且會自癒的，不必過分擔心。

從前有一位王子，他最大的心願，就是娶一位真正的公主做皇后。於是便離開自己的國家，去環遊世界。

雖然他遇到了形形色色的可愛女孩，卻一直找不到心目中真正的公主，王子只好傷心地回家了。

有一天，在一個風雨交加的夜晚，突然有人敲著城堡的大門，國王聽見了，於是親自去開門，發現原來是一位全身淋得濕透的美麗女孩。

　　女孩很有禮貌地向國王及皇后
說，她是一位真正的公主。

　　「好吧！ 先進來， 反正我們遲
早會知道的。」皇后馬上命令婢女
在床上放了一顆豌豆， 並在豌豆
上疊了二十層床墊和二十條鵝毛
被。

　　那天晚上， 女孩就被安排睡在
這張床上。 第二天早上， 皇后關
心地問道：「昨天晚上睡得好不好
啊？」

　　「不好， 我一直沒有辦法睡著，
床底下好像有東西。」自稱是真正
公主的女孩， 打著哈欠說。

現在，皇后立刻就相信她是真正的公主了，因為傳說中，公主從小就有認床睡覺的習慣，如果床的硬度改變，就會失眠。

於是ㄕˋ，　王ㄨㄤˊ子ㄗˇ終ㄓㄨㄥ於ㄩˊ和ㄏㄜˋ真ㄓㄣ正ㄓㄥˋ的ㄉㄜ˙公ㄍㄨㄥ主ㄓㄨˇ結ㄐㄧㄝˊ婚ㄏㄨㄣ了ㄌㄜ˙，至ㄓˋ於ㄩˊ那ㄋㄚˋ顆ㄎㄜ有ㄧㄡˇ紀ㄐㄧˋ念ㄋㄧㄢˋ性ㄒㄧㄥˋ的ㄉㄜ˙豌ㄨㄢ豆ㄉㄡˋ，　它ㄊㄚ現ㄒㄧㄢˋ在ㄗㄞˋ還ㄏㄞˊ被ㄅㄟˋ放ㄈㄤˋ在ㄗㄞˋ城ㄔㄥˊ堡ㄅㄠˇ裡ㄌㄧˇ的ㄉㄜ˙博ㄅㄛˊ物ㄨˋ館ㄍㄨㄢˇ供ㄍㄨㄥ大ㄉㄚˋ家ㄐㄧㄚ參ㄘㄢ觀ㄍㄨㄢ呢ㄋㄜ˙！

不生病魔法術

為什麼會失眠

* 讓人失眠的原因有很多，感冒、過敏性鼻炎、鄰居大聲唱卡拉OK、換房間睡、喝太多咖啡都會讓人睡不著覺。
* 有時候家庭作業太多、考試還沒準備好、聽了恐怖的鬼故事，還有火冒三丈的媽媽，也會讓你害怕得睡不著覺哩！

健康小叮嚀

* 每天養成固定的睡覺時間。
* 上床前，記得先上廁所。
* 關燈後，不要再偷爬起來玩電腦。
* 不要在棉被裡放零食，蛀牙也會讓人疼得睡不著覺喔！

醫生也來幫幫忙（彰化基督教醫院鹿基分院小兒科主治醫師張容毓）

* 嬰幼兒比較常見的問題是懼怕睡眠，主要的原因為幼兒心理上有著分離及獨處焦慮，這是正常的心理現象。
* 較大的兒童則會對夜晚產生恐懼，怕會被綁架、遇見小偷、雷電、噪音等，往往需要父母陪伴。
* 其實這些睡眠障礙並不是病態的，算是正常幼兒在心理發展中所碰到的小問題。隨著年齡增長，大部分的小孩都能適應良好，家長不必過於擔心。

好ㄏㄠˇ鼻ㄅㄧˊ獅ㄕ

挖ㄨㄚ鼻ㄅㄧˊ孔ㄎㄨㄥˇ的ㄉㄜ方ㄈㄤ法ㄈㄚˇ

　　很ㄏㄣˇ久ㄐㄧㄡˇ很ㄏㄣˇ久ㄐㄧㄡˇ以ㄧˇ前ㄑㄧㄢˊ，有ㄧㄡˇ一ㄧ個ㄍㄜˋ嗅ㄒㄧㄡˋ覺ㄐㄩㄝˊ很ㄏㄣˇ好ㄏㄠˇ的ㄉㄜ人ㄖㄣˊ，用ㄩㄥˋ鼻ㄅㄧˊ子ㄗˇ就ㄐㄧㄡˋ能ㄋㄥˊ分ㄈㄣ辨ㄅㄧㄢˋ千ㄑㄧㄢ里ㄌㄧˇ以ㄧˇ外ㄨㄞˋ的ㄉㄜ東ㄉㄨㄥ西ㄒㄧ，連ㄌㄧㄢˊ快ㄎㄨㄞˋ要ㄧㄠˋ下ㄒㄧㄚˋ雨ㄩˇ了ㄌㄜ都ㄉㄡ可ㄎㄜˇ以ㄧˇ聞ㄨㄣˊ出ㄔㄨ來ㄌㄞˊ，因ㄧㄣ此ㄘˇ大ㄉㄚˋ家ㄐㄧㄚ就ㄐㄧㄡˋ尊ㄗㄨㄣ稱ㄔㄥ他ㄊㄚ為ㄨㄟˊ「好ㄏㄠˇ鼻ㄅㄧˊ獅ㄕ」。

　　天ㄊㄧㄢ上ㄕㄤˋ的ㄉㄜ玉ㄩˋ皇ㄏㄨㄤˊ大ㄉㄚˋ帝ㄉㄧˋ很ㄏㄣˇ好ㄏㄠˋ奇ㄑㄧˊ，為ㄨㄟˋ什ㄕㄣˊ麼ㄇㄜ好ㄏㄠˇ鼻ㄅㄧˊ獅ㄕ的ㄉㄜ嗅ㄒㄧㄡˋ覺ㄐㄩㄝˊ這ㄓㄜˋ麼ㄇㄜ厲ㄌㄧˋ害ㄏㄞˋ，就ㄐㄧㄡˋ請ㄑㄧㄥˇ很ㄏㄣˇ愛ㄞˋ挖ㄨㄚ鼻ㄅㄧˊ孔ㄎㄨㄥˇ的ㄉㄜ海ㄏㄞˇ龍ㄌㄨㄥˊ王ㄨㄤˊ去ㄑㄩˋ打ㄉㄚˇ聽ㄊㄧㄥ。

剛好海龍王最近常會流鼻血，也想趁機請教好鼻獅如何保養鼻子。

　　「方法很簡單喔！」好鼻獅認真地說：「不要用手指去挖鼻孔，也不要拿衛生紙伸進鼻孔中轉來轉去，更不可以用力揉鼻子及擤鼻涕。」

　　「可是鼻孔裡有鼻屎怎麼辦？」海龍王因為愛挖鼻孔，鼻孔大到連包子都可以塞進去了。

　　「只要拿乾淨的手帕，用溫水稍微浸濕後，輕輕地放入鼻孔內轉一轉，鼻屎就能輕鬆清除了。」好鼻獅邊說邊仔細示範。

　　海龍王不禁佩服得五體投地，馬上返回天庭向玉皇大帝報告。

　　玉皇大帝聽了，想邀請好鼻獅到天上見面，於是海龍王就把他嘴邊的兩條鬍鬚，從天上伸到地下來，讓好鼻獅可以順著爬到天上。

　　可是，就在他爬到一半時，突然刮起一陣強風，好鼻獅的手一鬆，人就從高高的天上摔了下來，身體也摔碎成一隻隻的小螞蟻。

　　所以，現在的螞蟻嗅覺會那麼敏銳，原來就是好鼻獅的化身呢！

不生病魔法術

為什麼會流鼻血

* 鼻子是臉部最高的建築物，也因此打球或打架的時候，常常不小心就會被攻擊，鼻血就流出來了。
* 另外，如果常把手指伸進鼻孔裡採礦，太用力，也會流鼻血喔！

健康小叮嚀

* 鼻孔長得比嘴巴小，就是不希望你把橡皮擦、紙團，這類東西硬塞進去，造成傷害。
* 挖鼻孔不是很好的習慣，也不太衛生，可以試著轉移注意力，例如找同學聊天或玩遊戲。

醫生也來幫幫忙（彰化基督教醫院鹿基分院耳鼻喉科主治醫師郭浚熒）

* 流鼻血最好發的區域為鼻中前端，常為自發性出血或外傷所致。
* 鼻子過敏的小朋友常因鼻部搔癢、摳鼻子導致流血。
* 冬季因天候乾燥更是流鼻血的好發時節。
* 流鼻血後幾天內應避免進補、劇烈運動及洗太熱的熱水澡，以防止再度出血。
* 如因鼻內異物造成流鼻血，應尋求耳鼻喉科醫師協助。若是鈕扣、電池之類的物品，更應立即就醫。

三隻小豬

小時胖　長大更易胖

　　從前，有一隻胖胖的豬媽媽，她生了三隻小豬。

　　圓滾滾的豬大哥和豬二哥，非常貪吃，又不運動，一天到晚都在打瞌睡。

　　幸好，最小的豬小弟是個勤勞的好孩子，他知道太胖對身體不好，所以就養成運動的好習慣。

　　有一天，豬媽媽告訴他們說：「你們都長大了，應該要自己蓋房子住。」

　　懶惰的豬大哥和豬二哥，不想花力氣蓋房子，於是隨便蓋了一間草屋和木屋，就跑去吃冰淇淋了。

只有豬小弟認真地設計房屋，「我要蓋一間最牢固的紅磚房子， 這樣就不怕風吹雨淋， 也不怕大野狼來搗蛋了。」

「救命呀！ 大野狼來了。」就在三兄弟房子都蓋好後， 大野狼一下子就吹倒了豬大哥的草屋， 也把豬二哥的木屋撞壞了。

「哈！ 哈！ 我最愛吃香噴噴的肥豬肉了。」胖得跑不動的豬大哥和豬二哥， 眼看就快被大野狼抓住了。

「啪啦」一聲，豬小弟靈活地使出迴旋踢，大野狼的骨頭就斷了。

「哎喲！痛死我了，痛死我了！」大野狼趕緊夾著尾巴，溜回深山裡去了。

「唉！我們真的該減肥了。」豬大哥和豬二哥經過反省後，決定要學習豬小弟，不貪吃，多運動，當個健康的好小子。

不生病魔法術

為什麼會肥胖

✳ 每日進食的熱量－每日消耗的熱量＝餘數太多，就會發胖。

健康小叮嚀

✳ 把自己當作美食家，肚子只裝天然料理的食物，炸雞、薯條、可樂、零食等東西，就會完全看不上眼了。

✳ 拿看電視的時間幫媽媽做家事，不但讓媽媽更開心，身體也會愈來愈健康。

醫生也來幫幫忙（彰化基督教醫院鹿基分院內分泌新陳代謝科主治醫師郭仁富）

✳ 高熱量低營養的飲食內容及缺乏運動的靜態生活，是造成肥胖的主因。

✳ 國民健康局「兒童肥胖之家庭因素研究」顯示，過重及肥胖兒童的血壓、血脂、血糖異常比率，幾乎是正常體重兒童的2倍。

✳ 提醒小朋友，一定要聰明吃、快樂動，才能維持健康體重。

小人國

不憋尿，好順暢

　　格列佛是一個愛好冒險的英國醫生，有一次，船在開往印度的途中，遇到暴風雨，發生了船難，格列佛於是漂流到一處不知名的小島上。

　　「哇！巨人醒來了。」

　　格列佛非常驚訝，自己竟然被一群不到二十公分的小人，用繩子緊緊地綁住。原來這就是傳說中的小人國啊！

　　幸好，國王很喜歡格列佛，立刻下令放了他。格列佛也就此展開了不可思議的小人國之旅。

隨著日子一天天過去，格列佛雖然很喜歡這個一切都小的迷你國家，可是因為廁所實在太小了，又不好意思隨地小便，所以常憋尿，時間久了，不但出現小便困難，還會發燒、肚子痛，甚至尿尿的顏色也變成紅色了。

直到有一天，皇宮突然失火了，格列佛情急之下，不小心尿就噴了出來，居然意外地把大火澆熄。

國王非常感謝格列佛滅火的功勞，就請好幾百名工匠打造一座比城堡還大的廁所送給他。之後，格列佛就多喝水，不再憋尿，病也跟著好啦！

後來，格列佛很想到大人國冒險，就在全國人民的幫助下把船修理好了，格列佛再度展開了驚異的冒險奇航。

✷ 不生病魔法術 ✷

為什麼會泌尿道感染

✷ 膀胱就像是魚缸一樣，如果裝在裡面的尿尿超過四個小時沒有倒掉，就會發臭，長出很多細菌，讓人發生感染。

健康小叮嚀

✷ 隨身帶水壺，多喝水，有尿就尿，別偷練忍尿術。

✷ 女生的尿道比男生短，感染機會比較大，所以擦屁股的時候，要從身體的前面往後面擦拭。

醫生也來幫幫忙（彰化基督教醫院鹿基分院泌尿科主治醫師洪明山）

✷ 人體的泌尿道平時是不會有細菌的。

✷ 若是有細菌侵入我們的泌尿道，就會引起泌尿道感染。通常造成泌尿道感染的細菌是來自腸胃道的大腸桿菌。

✷ 泌尿道感染時會出現：小便有灼熱感、頻尿、下腹痠痛、發燒等症狀。

✷ 醫生可以經由尿液檢查來判斷小朋友是不是有泌尿道感染，並進行治療。

木偶奇遇記

多吃蔬果最通樂

　　木匠爺爺在有神奇法術的藍仙女的幫助下，做了一個會唱歌又會跳舞的可愛小木偶，就叫「皮諾丘」。

　　皮諾丘最大的夢想就是成為一位真正的男孩，可是他實在太頑皮，又不聽話，還會逃學，生氣的藍仙女就處罰他，只要一說謊，鼻子就會變長。

有一天，皮諾丘被壞人綁架，將他變成一隻驢子，賣到馬戲團去表演。皮諾丘費盡千辛萬苦後，好不容易逃了出來，卻在尋找爺爺的旅途中，被大鯨魚吃進肚子裡去了。

　　在那兒，皮諾丘幸運地遇到了爺爺，於是他們就點火燒大鯨魚的胃，沒想到「哈啾」一聲，祖孫倆就從魚肚子裡被噴到岸上了。

　　藍仙女很高興皮諾丘終於做到了勇敢、忠誠與誠實，就把他變成了真正的小孩。

　　「哎喲！我肚子好痛喔！」在慶祝皮諾丘變成真正的小朋友的舞會上，可憐的皮諾丘忽然變得很虛弱，一直鬧肚子痛，而且吃不下任何東西。

　　木匠爺爺很擔心，趕緊帶他去醫院做檢查，原來是皮諾丘不愛吃蔬菜水果，大便太硬，大不出來，變成便祕了。

　　醫生關心地對皮諾丘說：「以後要多吃蔬菜水果，多喝水，肚子才不會痛喔！而且啊，要做真正的男孩，更不能偏食，才會長高呀！」

　　皮諾丘回家後，乖乖照著醫生的話做，果然大便不再硬硬的，肚子也不會痛了。

不生病魔法術

為什麼會便祕

※ 不愛吃蔬菜水果又不喝水,大便就會卡在身體裡,變得像石頭一樣硬,就不容易跑出來了。

健康小叮嚀

※ 蔬菜＋水果＋水＋運動＝便便好舒暢。

醫生也來幫幫忙（彰化基督教醫院胃腸肝膽胰科主治醫師周昆慶）

※ 便祕是指大便次數減少或糞便乾燥難解,一般兩天以上無排便,就是有便祕現象。但仍必須根據個人排便習慣和排便是否困難,才能判斷有無便祕。

※ 處理便祕時,應找出造成便祕的原因,以利去除病因或針對病因進行治療,像是適當調整食物,以及養成定時排便的習慣,以建立良好的排便條件反射,並應避免經常服用瀉藥或以灌腸方式排便。

皇帝與夜鶯

幼兒高燒，睡冰枕恐引發抽筋

很ㄏㄣˇ久ㄐㄧㄡˇ很ㄏㄣˇ久ㄐㄧㄡˇ以ㄧˇ前ㄑㄧㄢˊ，有ㄧㄡˇ人ㄖㄣˊ送ㄙㄨㄥˋ了ㄌㄜ˙一ㄧ隻ㄓ很ㄏㄣˇ會ㄏㄨㄟˋ唱ㄔㄤˋ歌ㄍㄜ的ㄉㄜ˙夜ㄧㄝˋ鶯ㄧㄥ給ㄍㄟˇ中ㄓㄨㄥ國ㄍㄨㄛˊ皇ㄏㄨㄤˊ帝ㄉㄧˋ。每ㄇㄟˇ當ㄉㄤ皇ㄏㄨㄤˊ帝ㄉㄧˋ聽ㄊㄧㄥ到ㄉㄠˋ牠ㄊㄚ美ㄇㄟˇ妙ㄇㄧㄠˋ的ㄉㄜ˙歌ㄍㄜ聲ㄕㄥ，就ㄐㄧㄡˋ感ㄍㄢˇ動ㄉㄨㄥˋ得ㄉㄜ˙掉ㄉㄧㄠˋ淚ㄌㄟˋ。而ㄦˊ夜ㄧㄝˋ鶯ㄧㄥ覺ㄐㄩㄝˊ得ㄉㄜ˙這ㄓㄜˋ就ㄐㄧㄡˋ是ㄕˋ對ㄉㄨㄟˋ牠ㄊㄚ最ㄗㄨㄟˋ好ㄏㄠˇ的ㄉㄜ˙讚ㄗㄢˋ美ㄇㄟˇ和ㄏㄢˋ鼓ㄍㄨˇ勵ㄌㄧˋ。

雖然皇帝很寵愛夜鶯，也賞賜給牠很多禮物，更命令十二個僕人照顧牠，可是雙腳被絲線綁住的夜鶯卻一點也不快樂。

有一天，皇帝得到了一隻人造夜鶯，只要一撥動發條，立刻就會發出美妙的歌聲，一點也不輸真正的夜鶯。於是被皇帝遺忘了的夜鶯，有一天就掙脫了絲線，飛回森林裡了。

幾年後，人造夜鶯才唱到一半，突然「啪嗒」一聲壞掉了。皇帝因為再也聽不到歌聲，就生病了。

就在皇帝發著高燒的時候，真正的夜鶯從老遠的地方飛回皇宮。

預備唱歌前，夜鶯為了讓皇帝退燒，就請人減少他的穿衣和被蓋，並讓房間的空氣流通，還要皇帝多喝開水。

不一會兒，皇帝就漸漸退燒了。夜鶯立刻展開嘹亮的歌喉，唱出悅耳優美的曲調。

病好了後，皇帝希望好好報答夜鶯，夜鶯卻告訴他：「當您專心聽我唱歌時，就是最好的報答了。」然後就頭也不回地飛走了。

不生病魔法術

為什麼會發燒

* 在我們的大腦裡，有一個控制體溫的指揮站。不生病的時候，體溫都設在37℃左右；當身體不舒服，例如感冒、拉肚子，指揮站就會發出警訊，讓體溫升高，提醒我們生病了。不過，有時穿過多衣服，或運動過後，身體來不及散熱，也會使體溫上升。

健康小叮嚀

* 發燒的時候，最好多休息、多喝水，這樣身體的電力才會快點恢復。

醫生也來幫幫忙（彰化基督教醫院鹿基分院小兒科主治醫師張容毓）

* 發燒的週期分為寒顫期及退熱期。寒顫期：四肢冰冷、發抖，要予以保暖。退熱期：四肢溫暖、流汗，可減少被蓋，使用冰枕及擦澡。
* 當四肢溫暖或流汗時，予以穿寬鬆衣服，保持室內空氣流通，室溫宜保持在24～26℃。
* 使用冰枕須注意四肢是否溫熱，若冰冷則須再保暖，停用冰枕。
* 小於3個月的小孩建議用水枕。
* 退熱期時洗溫水澡（水溫36～37℃，不建議泡澡，易有溺水的情形），使皮膚微血管擴張及藉由水蒸氣達到散熱目的。
* 補充足夠的水分（包括開水、果汁、運動飲料、水果等）。
* 體溫、肛溫、耳溫超過38.5℃，腋溫超過37.5℃以上時，應依醫師指示服用退燒藥。正確記錄發燒天數、體溫度數及其他症狀提供醫師參考。

虎姑婆

冲脱泡蓋送

　　傳說深山中有一隻會吃人的大老虎。有一天，牠的肚子又餓得咕咕叫時，正好看到山下有戶人家，爸媽都出門去了，只剩姊姊和弟弟在家。

　　「快開門啊！我是你們的姑婆。」老虎打扮成虎姑婆，把門敲得砰砰作響。

　　「媽媽有交代，不能隨便開門。」

　　「不要怕，是你們媽媽請我來照顧你們的，」虎姑婆編了個謊話，想讓他們上當，「我背包裡有一堆好吃的東西喲！」

　　孩子們於是開心地說：「喔！太好了！太好了！」門一開，虎姑婆就跳進來了。

　　到了晚上，　姊姊聽到虎姑婆溜下床，躲在廚房啃東西吃，　便偷偷走到門後瞧，　發現虎姑婆變回了大老虎，　正津津有味地吃著裝在背包裡面的手指頭，於是就趁牠不注意時，　把鍋裡滾燙的熱水淋在牠身上。

住在不遠處的動物園管理員阿德，聽到虎姑婆的哀號聲，知道牠被燙傷，於是先用冷水在燙傷的地方連續沖二十分鐘，再讓牠全身浸泡在冷水裡二十分鐘，一邊將身上的衣服小心剪開，最後再用乾淨的毛巾覆蓋在傷口上，然後立即送到醫院治療。

　　病_{ㄅㄧㄥ}好_{ㄏㄠ}後_{ㄏㄡ}，虎_{ㄏㄨ}姑_{ㄍㄨ}婆_{ㄆㄛ}決_{ㄐㄩㄝ}定_{ㄉㄧㄥ}改_{ㄍㄞ}過_{ㄍㄨㄛ}自_ㄗ新_{ㄒㄧㄣ}，不_{ㄅㄨ}但_{ㄉㄢ}不_{ㄅㄨ}再_{ㄗㄞ}吃_ㄔ人_{ㄖㄣ}了_{ㄌㄜ}，還_{ㄏㄞ}自_ㄗ願_{ㄩㄢ}在_{ㄗㄞ}動_{ㄉㄨㄥ}物_ㄨ園_{ㄩㄢ}表_{ㄅㄧㄠ}演_{ㄧㄢ}變_{ㄅㄧㄢ}裝_{ㄓㄨㄤ}秀_{ㄒㄧㄡ}，逗_{ㄉㄡ}小_{ㄒㄧㄠ}朋_{ㄆㄥ}友_{ㄧㄡ}開_{ㄎㄞ}心_{ㄒㄧㄣ}。

不生病魔法術

為什麼會燙傷

✳ 只要會發熱的東西，都有可能讓人燙傷，例如洗澡水、熱湯、熱開水、打火機、瓦斯爐、鞭炮等。

健康小叮嚀

✳ 不在廚房嬉戲、不拿太熱的東西、不玩火、也不玩電插座。

醫生也來幫幫忙（彰化基督教醫院鹿基分院小兒科主治醫師張容毓）

✳ 預防燒燙傷，首要注意的就是遠離危險源。我們的生活周遭到處都潛藏著危險源，像是燃放爆竹、燒紙錢，住家陽台接近高壓電線、家中的熱水瓶、電源插座、浴缸、浴廁清潔劑，以及廚房場所等，都是常見發生意外的根源。

✳ 近年來有關於燙傷急救五步驟「沖、脫、泡、蓋、送」的相關宣導資訊，增加大家對燙傷急救處理的認識。提醒您，當意外發生時，務必冷靜，進行必要的急救措施，才能降低傷害。

青蛙王子

長水痘，避免抓破疹子

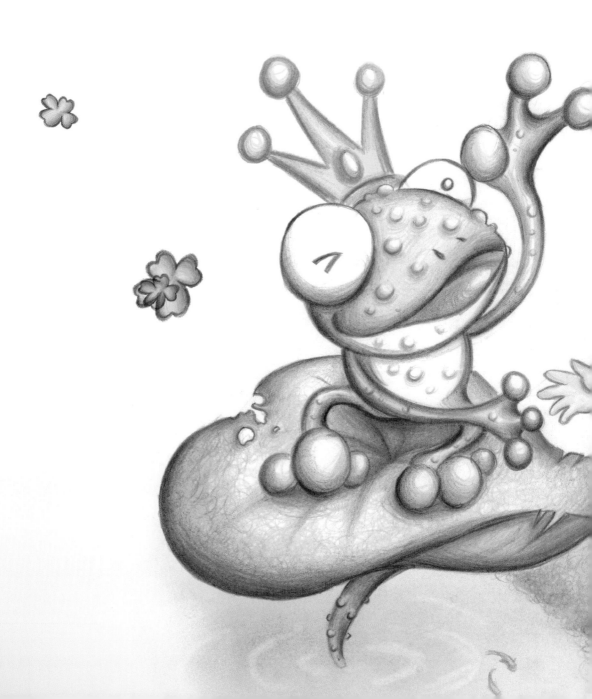

從前， 有一位可愛的小公主到森林裡玩足球， 一不小心把球踢進了湖底， 便急得大哭了起來。 這時候有一個小小的聲音從湖邊響起，「我可以幫妳把球撿回來， 可是妳要答應跟我做朋友。」原來是一隻身上長有很多斑點的青蛙。

「好吧！只要你能撿回足球，什麼條件我都可以答應你。」可是公主拿到球後，就高興地跑回城堡，完全忘了答應小青蛙的事。

　　那天晚上，小公主和家人在吃飯時，聽到了一陣敲門聲，僕人去開門後回報說：「是公主的青蛙朋友來拜訪呢！」

　　小公主覺得青蛙長得很醜，不想理他，但是國王告訴她，做人一定要信守諾言，公主只好陪著青蛙一起玩遊戲。

　　過了一會兒，小公主玩累了想睡覺，就給青蛙一個晚安吻，沒想到「砰」的一聲巨響，小青蛙變成了英俊的王子。

「謝謝妳，我親愛的小公主。因為妳的吻，把魔咒破除了。」王子對著被嚇得目瞪口呆的公主說：「我因為不聽話，用手抓破水痘，皮膚變得坑坑洞洞的，就被黑女巫用魔法變成青蛙了。」

還沒長過水痘的公主，於是趕緊請教照護方法。

「如果會癢，可以用醫生開的藥擦，不可以用手猛抓，」王子接著說：「等到水痘結痂了，也不能摳掉，才不會留下難看的疤。」

愛漂亮的公主不想變成難看的青蛙，就把這些注意事項牢牢的記在心裡了。

✸ 不生病魔法術 ✸

為什麼會長水痘

✳ 水痘病毒的傳染力很強，如果身邊有人長水痘，很快就會得病了。不過中獎機會，一生通常只有一次喔！

健康小叮嚀

✳ 長水痘如果很癢，可以輕輕的塗上止癢藥。睡覺時，戴上乾淨的棉手套，才不會亂抓。

✳ 小心別用手碰眼睛，才不會讓眼睛也生病了。

✳ 痘痘乾掉後，要耐心等候，讓它自己掉下來，才不會留下難看的疤痕。

醫生也來幫幫忙（彰化基督教醫院鹿基分院小兒科主治醫師賴柏瑋）

✳ 水痘感染後10～21天會產生症狀，會有發燒、頭痛、肚子痛的情形，特色是皮膚會出現很癢的小水泡，從身體開始，擴散到四肢。水泡內含有病毒，很容易傳染給其他小朋友。

✳ 得到水痘，除了按時服藥，也要在家休息一個禮拜，等水痘傷口結痂癒合再回學校。

✳ 水泡不可以抓破，以免引起細菌感染，日後留下疤痕。

紅鞋女孩

讓跳跳虎也能專心上課

　　小蓮的父母很早就去世了，好心的老婆婆於是收留了小蓮，還送給她一雙漂亮的小紅鞋。

　　小蓮非常喜歡這雙鞋子，就算教堂規定不能穿紅色的鞋子，她還是偷偷的穿去受洗，甚至在大家專注唱著讚美詩時，還像跳跳虎一樣，到處跑來跑去，一刻也不得閒。

　　聰明的守護天使，為了幫助她適應生活，
於是想出了一個好法子。

　　有一天，小蓮玩累了，想把紅鞋脫掉，
可是鞋子卻緊緊地黏住她的腳，拉也拉不
動。

　　小蓮害怕極了，因為小紅鞋要她不停地跳舞。她跳過農田，跳過草原，不管白天夜晚，不管晴天下雨，都繼續跳著。

筋疲力盡的小蓮，最後來到了學校，看著專心上課的同學，她終於懂了，什麼時候該安靜做事，什麼時候才可以快樂遊戲。

「哦！神哪！我學會一次只能做一件事情了。」天使聽見小蓮學會安排時間，就破除了鞋子的魔法，讓小蓮開心地和同學一道快樂學習。

不生病魔法術

為什麼會有過動症

＊有些同學因為長得比較慢，還沒有學會照顧自己，上課的時候容易不專心，會一直不停地講話或動來動去。

健康小叮嚀

＊一次只做一件事，讓自己稍稍休息一下。

醫生也來幫幫忙（彰化基督教醫院鹿基分院小兒科主治醫師張容毓）

＊根據美國精神疾患診斷標準（DSMIV）的「注意力欠缺過動兒」，又稱「過動症」（Attention Deficit／Hyperactive Disorder），是指在7歲前發病、在兩個或兩個以上的不同場所（如：學校、家庭、工作場所）造成社會、學業、職業功能上的損害，而且是非其他發展疾患、精神疾病所引起的。

＊過動兒在平日生活上會有以下三大症狀：注意力欠缺、過動、衝動。因為年紀愈小的孩子，注意力比較無法集中，大部分的病童要到4～5歲左右，才能確定診斷。

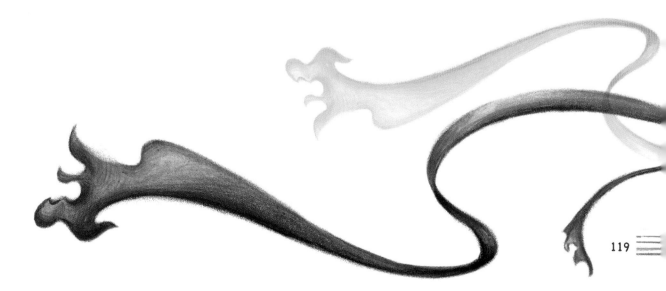

北_{ㄅㄟˇ}風_{ㄈㄥ}和_{ㄏㄢˊ}太_{ㄊㄞˋ}陽_{ㄧㄤˊ}

家_{ㄐㄧㄚ}有_{ㄧㄡˇ}氣_{ㄑㄧˋ}喘_{ㄔㄨㄢˇ}兒_{ㄦˊ}

　　有_{ㄧㄡˇ}一_ㄧ天_{ㄊㄧㄢ}，　北_{ㄅㄟˇ}風_{ㄈㄥ}和_{ㄏㄢˊ}太_{ㄊㄞˋ}陽_{ㄧㄤˊ}相_{ㄒㄧㄤ}遇_{ㄩˋ}，　想_{ㄒㄧㄤˇ}比_{ㄅㄧˇ}一_ㄧ比_{ㄅㄧˇ}誰_{ㄕㄟˊ}的_{ㄉㄜ˙}本_{ㄅㄣˇ}領_{ㄌㄧㄥˇ}大_{ㄉㄚˋ}。　北_{ㄅㄟˇ}風_{ㄈㄥ}說_{ㄕㄨㄛ}：「誰_{ㄕㄟˊ}可_{ㄎㄜˇ}以_{ㄧˇ}先_{ㄒㄧㄢ}脫_{ㄊㄨㄛ}下_{ㄒㄧㄚˋ}路_{ㄌㄨˋ}人_{ㄖㄣˊ}的_{ㄉㄜ˙}衣_ㄧ服_{ㄈㄨˊ}來_{ㄌㄞˊ}，　就_{ㄐㄧㄡˋ}算_{ㄙㄨㄢˋ}贏_{ㄧㄥˊ}了_{ㄌㄜ˙}。」太_{ㄊㄞˋ}陽_{ㄧㄤˊ}說_{ㄕㄨㄛ}：「好_{ㄏㄠˇ}，　你_{ㄋㄧˇ}先_{ㄒㄧㄢ}來_{ㄌㄞˊ}！」

　　正巧從小就有氣喘的大雄，放學經過這裡，北風想展現威力，連忙一鼓作氣，刮起一陣大風。

　　可是，大雄不但沒有脫下衣服，反而因為天氣突然變冷，使他不斷咳嗽，就趕緊戴上口罩，並把衣服拉得更緊了。

　　太陽笑著對北風說：「讓我來試試吧！」

　　當太陽露出溫暖的笑容後，　大雄就不再咳嗽了，　連不舒服的感覺也漸漸地消失。過了一會兒，　大雄愈走愈熱，　便慢慢地把外套脫掉了。

　　太陽轉頭對北風說：「氣候轉涼時，　氣喘更容易發作。」太陽接著說：「所以在季節交替的時候，　更要注意保暖，　外出最好戴上口罩。」

　　聽完了太陽的解釋，　北風不禁佩服地說：「太陽大哥果然有學問！」

✦ 不生病魔法術 ✦

為什麼會氣喘

✻ 花粉、狗毛、灰塵等小東西，都有可能使人呼吸不舒服。有時天氣變化、運動，或者生氣，也會讓人發生咳嗽、呼吸困難或出現咻咻的喘鳴聲。

健康小叮嚀

✻ 天氣變冷時，外出最好戴口罩，並穿上保暖的衣服。

✻ 記住哪些是容易讓你不舒服的壞朋友，如果是花粉，請跟它絕交吧！

醫生也來幫幫忙（彰化基督教醫院鹿基分院胸腔內科主治醫師胡克輝）

✻ 氣喘病是一種呼吸道慢性發炎，導致氣道過度反應的症狀。當患者接觸到誘發因子時，易引發咳嗽、喘鳴、呼吸困難及胸悶等症狀，尤其是在清晨或夜晚。

✻ 大部分的氣喘患者，需要每天規律地使用「控制型藥物」來預防症狀的出現，改善肺功能；而「緩解型藥物」則僅是在症狀突然發生時偶爾使用。

國家圖書館出版品預行編目資料

髒髒跑進童話故事裡了 / 周淑娟, 周素珍, 彰
化基督教醫院鹿基分院著; 鄭穎珊繪. -- 初版.
-- 臺北市：書泉, 2012.06
　　面；　公分
ISBN 978-986-121-753-6(精裝)

859.6　　101007168

3Q17

髒髒跑進童話故事裡了

作　　　者｜周淑娟、周素珍、王琳煜、林千惠、周昆慶、
　　　　　　吳瓊玉、胡克輝、姚志達、洪明山、張容毓、
　　　　　　梁錫謙、郭浚熒、郭仁富、賴柏瑋（110.3）

繪　　　者｜鄭穎珊

發 行 人｜楊榮川

總 編 輯｜王翠華

叢書主編｜王俐文

責任編輯｜劉好殊

內頁設計｜陳采瑩

封面設計｜IN THE BOOM

出 版 者｜書泉出版社

地　　　址｜106臺北市和平東路二段339號4樓

電　　　話｜(02) 2705-5066　傳真：(02) 2706-6100

網　　　址｜http://www.wunan.com.tw

電子郵件｜shuchuan@shuchuan.com.tw

劃撥帳號｜01303853

戶　　　名｜書泉出版社

總 經 銷｜聯寶國際文化事業有限公司

電　　　話｜(02) 2695-4083

地　　　址｜221臺北縣汐止市康寧街169巷27號8樓

法律顧問｜元貞聯合法律事務所　張澤平律師

出版日期｜2012年06月 初版一刷

定　　　價｜新臺幣300元